금호강가에서

금호강가에서

김운용 시집

개미

| 발간사 |

새장 안에 갇힌 새들은 날 수 없을 뿐더러 자유를 갈망하는데도 불구하고 원근을 잊어버립니다. 길은 늘 마을에 닿아 있으나 장애인 문화예술에는 적용되지 않았습니다. 그렇다면 장애인 문화예술의 가장 큰 적은 무엇이냐? 라고 물으시면 서슴없이 '이동권의 제약이다' 라고 말씀드리겠습니다.

사막에 하루 만에 길을 내는 우리의 기술이 장애인에게 문화를 향유하고 발표할 수 있는 기회를 지금껏 주지 않고 있는 사실에 대하여 주목해야 합니다. 온라인은 세계의 장벽을 무너뜨린 지 오래고, 신 부족국가라는 타이틀 안에서 유리하고 있습니다만 아직 이 땅에는 문밖을 나설 수 없는 재가장애인들이 고립무원의 세상에서 살고 있습니다.

콘텐츠의 생산적 가치는 국가의 부와 일맥상통함에도 불구하고 기초수급권이라는 금제에 의해 장애인 스스로의 생산성을 포기하는 나라는 흔치 않습니다. 우리나라는 이상하게도 장애인들의 생산성을 제도적으로 포기하고 있습니다. 재가장애인과 시설장애인은 지역마다 특화되어 지방자치단체의 자체의 흡수가 부족하여 전국을 떠돌고 있는 실정입니다.

그동안 전국 장애인을 대상으로 발간사업을 진행해 왔던 〈장애인인식개선 오늘〉의 노력은 항상 현실적 이해의 벽에 부딪치고 있습니다. 2011년 한국문화예술위원회에서 한국 최초로 장애인문학예술전용공간 설립을 지원받았고, 2013년부터 대전광역시가 전국 최초로 장애인인문학 예술전용공간 발간사업에 지원을 허락해 매년 지속사업을 실행해 왔습니다.

그로부터 3년째 접어든 현재에 이르러서는 〈대한민국장애인창작집필실〉은 2014년 세종도서문학나눔 우수도서에 세 사람의 작가를 배출하였고, 그에 따른 공로로 2015년 대한민국장애인문화예술대상에 문학부문 대상인 문화체육관광부 장관상을 수상하게 되었습니다.

2016년 현재는 어떻게 변하였을까요? 〈장애인인식개선 오늘〉은 대전지역 내에 거주하는 장애, 비장애 예술인들을 위한 특별한 기획을 하였습니다. 중증장애인 산문집 그리고 개인 시집과 동인 시집을 포함 총 4권 16분의 작가를 발굴하였으며, 한국문화예술위원회의 공모사업에 참여하여 선정되었습니다.

그리고 특별하게 그동안 발굴한 장애인 작가와 장애인 가족들의 발표된 저작물에 시 작품을 추려 작곡가를 위촉하고 작곡을 의뢰하였습니다.

충청권의 젖줄인 금강과 전통재래시장의 이야기를 담아 오케스트라곡, 시극, 무용곡, 가곡, 가요 등을 전방위적으로 콘텐츠를 제작, 기호학의 성지라는 충청권과 대전이라는 상징성을 브랜드화하기 위해 노력하고, 기호학을 성장 동력으로 삼아 장애인문화예술의 생산적 콘텐츠 제작을 위해 열과 성을 다하고 있습니다.

그렇습니다. 한국문화예술위원회, 대전광역시, 대전문화재단 어느 한 기관 소중하지 않는 것이 없습니다. 이제는 대전광역시 버스운송조합, 맥키스 컴퍼니, 삼진정밀, 렛츠런과 일일이 열거하지 못한 개인 기부자 등 지역에 기반을 둔 기업들의 관심과 후원자, 지역시민단체, 대전예총, 지역 예술인과 대전장애인단체총연합회 등의 응원은 자양분을 넘어 '장애인 문화운동'의 큰 밑거름이 되고 있습니다.

뿐만 아니라 장애인문화예술의 제도개선을 위한 노력은 포럼과 토론회를 통하여 지속적으로 펼치고 있습니다. 또한 장애인 인권의 하드웨어 구축을 위한 이해 당사자들이 학계, 기관, 사회단체, 장애인단체 등이 참여하여 민간교재 집필을 준비 중에 있습니다.

그리고 전시 공연에 이루 헤아릴 수 없는 숨은 응원을 주신 분들과 자원봉사자들, 예술인, 청소년, 장애인, 알음알음 알고 찾아오셔서 함께한 시민들, 기관분들 한 분 한 분들이 얼마나 귀하고 소중한지, 또한 지역을 이렇게 뜨겁게 사랑하고 계시는 것에 회를 거듭할수록 감사함이 차고 넘치고 있습니다. 앞으로 대전광역시가 전국 광역단체 장애인들을 위한 프로그램 개발에 아낌없는 협력과 지원으로 장애인문화예술의 더욱더 큰 생산적 콘텐츠를 실행하여 지역민들과 지역 장애인들을 위한 사회공헌에 힘쓰고 싶은 게 작은 바람입니다.

모쪼록 선정된 작가 여러분들의 노고에 깊이 감사를 드리고, 선정되지 못한 분들은 실망하지 마시고 다음에 더욱 좋은 작품으로 기여하는 계기로 만나지기를 진심으로 부탁드립니다.

2016년 겨울
장애인인식개선 오늘
대표 박재홍

시인의 말

시는 나의 운명입니다. 시를 쓴 것은 21년 내 영혼의 울림에 의존해 자유롭게 살기를 원했습니다. 장애란 굴레에 갇혀서 여기까지 살아온 것은 기적이라는 생각이 듭니다. 사랑하고 소중한 사람들과의 만남과 이별은 내 시에 묻어나 있습니다.

시는 나의 아픔을 치유하며 살아가는 원동력입니다. 생계를 위해서 일하다 교통사고로 1년이란 시간을 병원 생활하는 동안 언제나 시는 내 곁에 축복처럼 함께했습니다.

어느덧 불혹의 나이, 지금껏 살아온 삶을 정리하고 미래에 대한 고민이 필요한 때에 이르러 첫 시집을 발간하며 세상과 소통하려 합니다. 어떻게 살아가야 하는지 알 수 없지만 시는 영원히 나와 함께 동행할 것입니다.

여기까지 올 수 있게 해주신 부모님, 하나님 그리고 친구들에게 고마움을 전하고 시집 출간에 도움을 주신 박재홍 선생님께 감사의 마음을 전합니다.

2016년 12월
김운용

금호강가에서
차례

제1부

제2부

제3부

해설

제1부

간식

크림 발라서 먹은 식빵 한 조각
배가 고픈 나에게 유일한 간식

새벽에 시를 쓰다가 배고픈
내 영혼 채운다 유치한
시 한 편

가스비

'11만 원' 영수증을 본 순간에
앞이 보이지 않는다

몇 년 동안 살아오는 습관들이
장판 하나에 의지해 살아온

가난과 수급자에게는 '내일이란 희망이 없다'
모진 겨울 추위에 하나씩
죽어가는 기사와 사람뿐

가을 그리고 쓸쓸한 사랑

무거운 첼로 같은 가을 하늘에
그리움 울려 펴지고
오늘 마음이 혼란하다

'격정적인 사랑 한번 하고 싶다'

갈등

내 안에 갈등은 '어떻게 살아야지 하나'
'무엇으로 살아가는 것이 길인가?'

먹고사는 문제, 보이지 않는 길
그리고 가난과 고뇌의 새벽

차가운 바람에 노출된
가난한 시인은
'시'도 차갑다

겨울 새벽

푹 자고 일어난 새벽 다 내려놓고
평안하다

아직은 바람이 시리게 불어오지만
맑은 정신

이제 무엇을 해야지 하나 어디부터
다시,

아침을 맞이한다

하늘 아래

같은 하늘 아래에 존재한다는 의미가 지워졌다
이제 빛이 바래 버린 사랑
'잘 지내고 있는지' 안부라도 묻고 싶지만
늘 그러하듯이

살아서 만날 수 없지만 행복을 빌면서
조용히 당신의 이름을 부른다

강가에서 3

흐린 하늘에 비가 내리는 날
바람에 춤추는 풀들

강물은 바람을 맞으며
결이 쏠리듯 흐르고
전동휠체어로 달린다

아무것도 생각하지 말자

결혼

봄이 오는 겨울, 새로운 인생을 준비하는
두 사람이 있네

20년 동안 다른 환경에서
살아온 두 사람이 있네

둘이 이제 하나가 되어서
걸어가는 길

사랑의 힘으로 극복하고
걸어가야 할 외길

온 마음을 모아서 축복하네

고독 1

깊어진다, 차가운 바람이 스쳐 지나가고
흘러내리는 눈물에 소심한 나
그리고 좋은 사람들

다 보내고 혼자 남아서
아픈 마음 달래며
오늘 살아간다

뇌병변 1급의 하루

광화문 농성 그리고 3년

비가 내린다, 3년 1000일이 지나가지만
여전히 광화문 지하철 통로에는
비를 맞고 존재하는 천막
그리고 열 분의 영정 사진들

'장애인등급제폐지와 부양의무제폐지'를
요구하며 외쳤던 3년 시간들이 아직인

그 속에서 얼마나 많은 장애인들이
죽어가야만 하는지

소심한 나도 이 빗속을 뚫고
서울로 간다 광화문으로

삼 년 동안의 삶 그리고 활동

촉촉이 내리는 비
주말 아침 일어나서, 또
하루를 준비하는 나

지친 나를 뒤돌아보는 시간
삼 년, 능력 부족했지만
거리에서 여기까지 온 나

다 잊고 가자

앞으로 나는 어디로 가야 하나
물으면, 두려워진다

그리고 휴식,

그래 가자 이게 내 삶인데
바퀴처럼 굴러가야 한다

천하루 만의 아침

비가 내린 아침은 1000일이 지났지만
천하루 만의 아침은 여전히 광화문 지하철
농성장이다

낙인처럼 주홍사슬 장애등급제
빈곤 사슬 부양의무제가
여전하다

수많은 사람이 죽어간다 해도

언제까지 악법 때문에 낚인 물고기처럼
죽어야 사는 것인가

지긋하다

이제 우리의 투쟁으로 돌파하고
장애인도 가난한 사람도
행복하게 사는 세상 바람을 지치며

바퀴처럼 구르며 함께하는 세상

다시 시작해야지 하는
천하루 만의 아침에 다짐하는데
'자칭 제법 위트 있다'

팔십삼 일 만에 장례식이다

83일, 우리는 그를 하늘로 보냈다
감옥 같은 시설에서
어떤 죽음도 진실을 모르는 채 보낼 수 없다며
동지를 가슴에 묻고

보내야 하는 마음은 장애인처럼
자기 결정권이 없다 인권, 자유는 쉬쉬하고
시설에서 살다가 죽어야 하는 운명

아픈 비

지긋한 시설 아닌 곳에서
자유롭게 나비가 되고 싶지만

비

600일이란 시간들

배와 함께 떠나버린 아이들
1년이 지나 600일

아이들 보낸 부모들
그리고 슬픈 그들만의
이야기

시간 지나갈수록 잊혀가는 기억이 싫어서
바다 묻어버린 진실은
파도로 포말로

잊지 말자
2014년 4월 16일
그날 슬픈
비망록

가난

사랑하는 사람에게 미안하다

그 사람에게 무엇이나
해주고 싶은 마음이어서 더욱
미안하다

현실은 무기력하고 사랑하는 그 사람을 향한
오늘은 부족하고

가난은 임금도 해결 못하는데
사랑합니다
피치 못하게 삶의 희망인 당신을 향한
날개를 접을 수 없습니다

가난한 사람의 외침

쪽방 영구임대 아파트에서
거리에서

사는 사람들은 힘든 삶의 무게로 인하여
내일 희망보다 오늘이
무겁고 슬프다

무책임 국가, 탐관오리여
맞지 않는 제도에
생존권 박탈이 두려운 현실

"외친다
사람답게 살고 싶다"

겨울 저녁 1

거센 겨울바람이 옷을 뚫고 온몸을 만지며 들어온다
마트에서 장을 보고 서둘러 휠체어가 달린다

오늘 무사 하루가 지나가고 어둠이 찾아온 이 저녁
두려운 것은 현실

하지만 가난 걱정 뒤로 하고 따뜻한 된장국에
저녁을 먹고 긴 휴식이 나를 기다린다

광주 영령들이여!

35년 전 광주! 민주주의 외치다가
진압군 손에 죽어간 영령들이여!

독재 아닌 누구나 자유롭게
자기 권리 주장하고 민주적인 국가를

목숨값으로 치르고
이룩한 민주주의
훼손되었습니다

긴 겨울이 지나고 민주주의 꽃은
봄처럼 새싹을 틔우게 하소서

굿모닝

인사해요 간밤에 잘 잤어요?
라는 인사가 어색하네요

사랑이란 사람을 유치하게 만들어요

만날수록
이렇게 함께 아침을 맞이할 수 없지만
그대는 내 마음속에 존재해요

쌀쌀한 겨울 아침 더욱더 생각나는
마음은 그대에게 갑니다

그대를 위한 시

그대가 생각나는 날은 비가 내리고
마음마저 쓸쓸하고

그대가 더욱더 그리운 날은 그대를 생각하며
쓴 시 한 편

그 시 속에는 나의 고백이 있다
하지만 그대에게 전하지 못할 때

이렇게 혼자만 애태우는 중에 마지못해
오늘 그대를 위한 시에
내 마음을 담아본다

'사랑은 모든 것의 시작이다'

제2부

1박 2일

그녀가 대구로 온다
주어진 시간은 1박 2일

하지만 결국은 얼마나
더 고독이
진할 것인가를
맛보는 일이다

뭐 운명이라면

In Cafe

저녁
원두커피 향기
진한 카페

한 잔에 담긴
저녁 풍경

음악이 잔잔하게 흘러나고
눈을 감고 느낀다

옛 추억 그리고 그리움
In Cafe

가객

슬픈 목소리에 시적인 가사
순수한 소년처럼
악보가 적혀 있나?

영원한 가객이라던 그 남자의 노래
'사랑' 이다

김광석 거리에서
그를 떠 올린다

1998년 1월에 반해버렸다

1998년 1월, 그 시간은 영원한 추억
천사 같은 그녀 첫눈에 반해버린 나

대중가요처럼

아직도 그날의 추억
보고 싶은 그녀가
멈춰지질 않는다

거짓말

오지 않는다고 생각하자
거짓말, 부질없는 것

이 순간 행복한 시간
혼자만의 사랑 그게 운명

많이 쏠린 사랑은
한숨이 나온다

겨울바람

춥다, 손이 얼고 옷 속으로 바람이 들어온다

삭막한 계절의 전동휠체어
달리는 동안
얼굴로 스쳐오는 면도날 같은 바람

사랑이 그렇다

거부한다

똑같은 사람인데 단지 다른 모습
그 이유로 차별
배제 그리고 동정

1년 한 번 체육관에 모여서
하루만 잘해 주는 모순

'거부한다' 위선 가득 찬 시선들의
장애인의 날 행사를

당당하게 살고 싶다

공중전화

공중전화 부스는 추억 한 장
우체통처럼 많은 그리움
그리고 긴 사연

이제 그 마저
사라져
아련한 그리움으로 되살아온다

구청 앞마당에서

우리의 요구를 외친다

'창살 없는 감옥에 사는
사람이지만, 짐승처럼
살아가는 현실'을

'단지 장애인 이유로
우리도 사람인데
단지 다른 모습이라서'

사람이고자 한다
우리의 권리를 외친다

굴레 2

아무리 도망쳐봐도, 벗어나고 싶어서
도망치고 또 쳐도 여전히 굴레

지독한 가난은 '장애인'이란 낙인의 삶을
강조하는 역설적 현실의 최옥란 그녀도

절망적인 삶은 결국 선택적 죽음
14년이란 시간이 흘러도

여전히 벗어나지 못한 굴레
집이거나 시설에서
죽어가는 장애인의 삶은 언제나
자유로울까

봄비

촉촉하게 내리는 비
피아노 소리처럼
내리는 빗방울

차 한잔
그리움

그대가 있는 곳에도
비가 내리는지
궁금하다

주어진 삶

자유로운 영혼으로 살게
몸의 구조가 주어진 것에
감사하며 살기로 한다

영혼이 흔들리는
울림이 있는 노래를 듣는다

그것 하나에 만족하며
시인으로 살기로 한다

출근길 2

건조한 겨울 아침 햇살 가득하다
지하철 내려
전동휠체어는 달린다

차갑고 메마른 얼굴의
도시풍경

추워지다 말고 봄이 찾아왔나 돌아본다
오늘,
출근은 기분이 좋기로 한다

갑질

힘 있다고, 군림하는 군상들
역겹다

권력만이 존재하는 세상
욕지기가 나온다

화면을 통해 나온 시민들의 축제가
욕축제 같다

'광화문'

자존심

박탈감으로 가지지 못한 것에
대한 부러움이
한편으로는 감사하다

괜히 화난 이유를 찾자면
나로부터인 것을
부정하기가 힘들다

소주 한 병 어렵게 들고와
혼자서 기울여
마음을 달래보지만

어둠 저편 물끄러미
내가 보인다

겨울나기 2

세탁기 어어버리고 눈길에 고립된 나
아파트에서 그저 한숨이 나온다

겨울이 지독하게 추운 것이 아니다
막막한 삶의 하루가
조금의 웃음을 쥐어 짠다

시간이 필요하다
긍정이 되려는
나를 기다리려면

로또

유일한 희망이다
가난을 벗기까지

일주일의 희망

대박을 꿈꾸고 사는
장애인이지만
현실의 거리는 멀다

로또 한 장을 들고
씨익 웃는다

기타 연주곡

흥이 난다 박자를 따라가다 보면
만나지는 기타 소리

평안한 마음으로 복잡하고 아픈
머릿속을 지워나간다

청명한 새벽에 닿았다

독감

응급실로 실려간
독감

수액을 맞고 있지만
무겁게 드러
누웠다

한편으로 떠오른
그대가 보고 싶다

서울을 등지고

몸을 실은 기차는 서울을 뒤에 두고 온다
그러한 서울은 늘 아쉽다

서울에 대한 나의 특유한 질감은
화려한 불빛 때문은 아니다

사랑을 버리고 오는 듯하지만
하염없이 길게 놓여진
길처럼 사랑을 찾아간 것이라면
좋겠다.

별이 된 아이

진도 앞 바다에 침몰한 배는
2014. 4.16일에
떠오르지 못했다

별이된 아이들
언젠가는 알게 될 그 누구의 잘못이
숨기는 것은 정부,

인양되어질 순간에 좌초할 정부는
사건의 진실에
집중해야 할 것이다

장애인 활동가가 죽었다

긴 시간이 흘러도 여운이 남는 것은
그녀의 주검이다

꿈 많은 활동가였다
중증장애를 가지고 있던 그녀는
꿈이 많았다고 한다

새벽에 불이나 꿈이 타버린 그녀는
한 마리 밤새가 되었다

지금도 여전하게 거리에서는
많은 중증장애인 활동가를 보지만
그녀가 앉았던 자리에는
새들이 먹이를 찾아온다

장애인 등급제와 부양 의무제가 없는 곳에서
아프지 않고 잘 있는지 묻는다

제3부

명동에서

함께하고 싶어서 미안해 가라고 했다

마지막 인사 후
택시를 타고 사라지는
눈앞이 뿌옇다

가지 말라고 잡고 싶지만
너 떠나는 길을 따라
전동휠체어가 따른다

따라 잡지는 못해도 조금은
길게 봤다
다 부질없는데도

가을아침 5

좋은 아침이라고 전하고 싶네 나는 신나는 음악에
빵이 목에 걸리도록 커피를 홀짝거리고 있네

완연한 가을이 당신의
마당에 이르기를 바라네

아무런 생각이 없는 오늘처럼

달빛

잠못 이루는 것이 달도 같다

나의 사랑하는 사람은 깊어가는 그리움
속에 있다

쳐다보고 바라보고
그저 그렇다

부모님

이제 늙어가는 것이 부모님 만은 아닐 것이다
오랜만에 찾아가는 낯익은 길

칠순이 되어도 제사를 준비하는 어머니

가늠되어지는 남은 해가
불효자가 되어 버린
나를 본다

성찰

속물로 규정한다 나를
왜냐고
시를 쓰고 싶은데

현실에 굴복하고
영혼조차 부족해
속물처럼 보이는 나

초라한 내 모습

시월 첫날

시월 첫날 비가 촉촉하게 내린다

차분해지는 나와 낙엽은 하나씩
시간을 헤아리고 있다

가을비가 촉촉하게 내리고
낭만이 슬픔이 가득한
가을로 인도하는 오늘

춤추는 여인 2

치맛단 아래로 살포한 속바지 얼굴
단아한 몸짓에
마음 깊은 곳에서 올라오는
限(한)

조선의 새다, 다가갈 수 없는
조선의 미소다

가난한 시인의 앞마당에서
노닐 때마다 갈 수 없는

그저 바라볼 뿐

춤추는 여인 3

기다렸습니다. 꿈에도 하얀 밤을 지나갑니다

손수 쪽진 머리에 부질없는 시대를
그리운 시 한 편으로
마음을 내어놓습니다.

대답 없는 메아리 비 촉촉한
질감의 새벽
바보시인 춤추는 여인
戀愛史(연애사) 한 편
찍습니다

시를 쓴다는 것 2

자기 합리화라는 사회적 함의처럼
변명도 그렇습니다

가로수처럼 옮겨다니는 중에
변해버린 초라한 내 모습

시도 알지만 인정받고 쓰다
유치한 병에 걸리고

시를 쓴다는 것
영혼없이 사는 것 같다

욕심 4

올리는 기도마다 지나간다
마음 비우고
물처럼 바람 닮아 살도록
해달라고

부질없는 것인데

동대구역에서

집으로 가야 하는데 장애인 콜택시는 오지 않는다

대합실에서 밖으로 지쳐드는
비를 바라본다

허탈한 마음은 겨울밤을 우울하게 만든다

이 모든 것이 곧 지나가리라

제목처럼 지나가고 싶다 언제나 바닥을 치고 오르는 등산 같은 삶이
하루를 살얼음판이라고 표현하기에는 현장감이 떨어진다

그래도 희망을 기다리는 것은 한 구절의 말이다
'이 또한 지나가리라'

성탄전야

혼자 보내는 성탄절은 슬프다
하지만 익숙하다
다들 만나 사랑하고 행복하겠지
아직도 난 혼자
익숙한 일상들이 영구임대 아파트를
지나친다

난 혼자 술을 마시며 창밖을 보고 있다

후회없다

읽어버린 마음은 이미 메말랐다
받아들이는 것처럼 어려운 것

찾아온 사랑이다

그저 편견없이 지나치는
사랑을 하고 싶다

그것은 나의 운명 같기도 하다

귀가

술 한 잔에 취해 돌아오는 중에
생각나는 사람이 있다는 것

이루지 못한 사랑은 늘
술에 취해서 더 그리워진다

지금 뭐 하고 있니

괜히 어색하게 말을 건넨다
정말로 하고 싶은 말은
뒷주머니에 있다

하지만
엉뚱한 말만 하다가
눈 오는 거리처럼
깊어지는 데
밤은 다시 돌리기에 어렵다

지쳐가는 기다림

말라서 재가 되어간다
그에 대한 그리움

기다리고 아프고
쓰릴 때
무너져
이제는 남은 것은 없다

진짜로

| 해설 |

김운용의 시는 '現場'이다

박재홍 | 시인 · 계간 『문학마당』 발행인

아테나를 홀로 낳은 제우스를 시기한 헤라가 혼자서 낳은 아들이 헤파이스토스다. 절름발이에 추남으로 꼽히는 그가 올림포스의 정통 후계자 1순위가 되어야 하지만 신화 속에서는 음습하고 어두운 광기의 화신이라고 기록되고 있다.

그러나 기록을 자세하게 살펴보면 추남이라는 기록은 없는 것으로 정설화 되고 있음을 알 수 있고, 그렇다면 "절름발이"라는 것과 "추남"이라는 인식은 어디에서 기인하는 가를 살펴볼 필요성이 있다. 그에 대하여 몇 가지 설이 있다.

첫 번째 제우스가 아테나를 낳은 사실에 헤라도 헤파

이스토스를 임신하여 낳고 놀라서 던진 설, 두 번째 그가 태어났을 때 불꽃에 휩싸여 있는 것을 보고 헤라가 추하게 보여서 놀라 떨어뜨렸다는 설, 세 번째 제우스와 헤라의 헤라클레스와 관련된 문제로 싸우자 편들다가 올림포스 밖으로 던져 졌다는 설이 그러하다.

결국 헤파이스토스의 "추남"설은 절름발이가 된 사연으로 인한 외연에서 오는 왜곡됨이 주된 원인이라 할 수 있다. 인간들의 편견이 만들어 낸 장애인에 대한 차별이 신들의 세계에서도 왜곡이 일상화 되고 정설이 되는 아이러니함을 보여준다.

그는 봄이면 '춘투'의 현장이나 자립생활센터의 연합 집회에서 보면 늘 앞에 서 있다. 스스로도 한 서너 명쯤은 거뜬하다고 표현하며 해맑게 웃는다. 시는 그러하기 때문에 '순수함'과 '우직함' 그리고 이웃에 대한 '조심스러움'이 있는 것이다.

김운용의 시를 통하여 만나보면 그들의 시 속에서 수많은 가슴으로 묻은 잔해를 볼 수 있다. 김운용 시인의 시는 그의 타고난 근골과는 다르게 섬세한 사랑에 관한 로망을 가지고 있다는 점이다.

무거운 첼로 같은 가을 하늘에

그리움 울려 펴지고

오늘 마음이 혼란하다

'격정적인 사랑 한번 하고 싶다'

—「가을 그리고 쓸쓸한 사랑」 전문

가을이라는 계절에서의 심리적 적층 구조를 통해 무반주 첼로 협주곡처럼 진중하게 펴지는 시인 자신만의 구조적 섬세함이 엿보인다. 뿐만 아니라 그 섬세함을 극복하자 독백처럼 용기를 보여주며 성정 자체가 강한 자아를 가지고 있고, 선 굵은 '격정적인 사랑 한번 하고 싶다'라고 직설적 화법을 통해 솔직함을 드러낸다. 시인의 담백함이 엿보인 것이 사실이다.

시가 모국어를 기반으로 하는 그 형식적 측면을 가리켜 문학의 한 장르로서의 시작품(詩作品:poem)을 말 할 경우와, 그 작품이 주는 예술적 감동의 內實(내실)이라고 할 때 詩情(시정)내지 시적 요소로서 솔직함이 주는 현장성은 배가 된다고 볼 수 있음이다.

언어의 울림과 리듬, 하모니 등 음악적 요소, 이미지, 시각의 회화적 요소에 의해 독자들에게 다가서는 목적성이 분명한 김운용 시인은 감동과 확인을 실천하기 때문이다. 그럼에도 불구하고 아쉬운 점은 아직 숙련된 기품과 습작기가 다소 부족함을 드러내는 구조적 약점도 솔직하게 드러낸다.

'11만원' 영수증을 본 순간에
앞이 보이지 않는다.

몇 년 동안 살아오는 습관들이
장판 하나에 의지해 살아온

가난과 수급자에게는 '내일이란 희망이 없다'
모진 겨울 추위에 하나씩
죽어가는 기사와 사람뿐
—「가스비」 전문

그의 시 곳곳에서 지체장애 1급 중증장애인으로 자립하여 영구임대 아파트에서 혼자 기거하며 살고 있는 김운용 시인은 사계절이 현실적 무서움에 대한 경계심을 가지고 있다.

일반 사람들에게는 되는 대로 살면 되지 하고 지나칠 수 있는 짝사랑이나 가십거리가 되겠지만 수급권을 가진 자신에게는 현실로 다가오는 이성에 대한 호기심과 경제 관념 그리고 간간이 들리는 기사와 함께 현실은 공포가 되고는 한다. 하지만 그의 발문에서도 말하는 것처럼 詩(시)는 자신의 영혼이라고 고백하는 데는 주저하지 않고 있다.

거센 겨울바람이 옷을 뚫고 온몸을 만지며 들어온다.
마트에서 장을 보고 서둘러 휠체어가 달린다.

오늘 무사 하루가 지나가고 어둠이 찾아온 이 저녁
두려운 것은 현실,

하지만 가난 걱정 뒤로 하고 따뜻한 된장국에
저녁을 먹고 긴 휴식이 나를 기다린다.
—「겨울 저녁 1」 전문

김운용 시인의 「겨울저녁 1」에서 보여주는 그의 긍정적 마인드를 보자. 겨울에 도로의 사정과는 상관없이 마트에 가서 장을 보고, 돌아와 저녁을 차리고 오늘도 안심하며 된장국에 밥을 먹고 휴식을 취하는 사실적 묘사의 시적 행보에 건강한 생활과 마인드에 대한 안심이 되는 점도 있다.

보편적인 장애인의 현실을 보면 얼마나 궁색한가. 누군가의 도움이 필요하고 도움으로 인한 감사가 필요하고 또 진부한 저녁을 통해 드러내는 자신의 현실적 회피의 성향을 철저하게 배제하며 휠체어로 달리지 않는가! 현실적 난관에 부닥쳐도 거뜬하게 이겨내는 긴 휴식이 자신을 기다리고 여유 있는 이유가 되고 포만감으로 이겨내는 것을 보면 아직 희망이 없다라고 규정하던 시인의 모습이 역설적 강한 반문으로 드러나는 것이다.

똑같은 사람인데 단지 다른 모습
그 이유로 차별
배제 그리고 동정

1년 한 번 체육관에 모여서
하루만 잘해 주는 모순

'거부한다' 위선 가득 찬 시선들의
장애인의 날 행사를

당당하게 살고 싶다
—「거부한다」 전문

김운용의 시는 개인적 서정의 건강함을 드러내기도 하

지만 사회 참여적 시도 그의 강한 장점의 하나가 되고 있다. 언어가 이른바 意味記號(의미기호)로서의 언어 전달을 목적으로 삼는다면 그의 시어는 실용적인 데 비해 독자 속에 있는 어떤 감동 상태를 불러일으키기 위해 쓰이는 언어가 아니다. 그것은 독자로서 공감대 형성이 가능하다는 점에서 비롯된다.

김운용 시인의 시를 읽다 보면 만나지는 것이 바로 현장성이다. 자신의 내면적 상황이나 외면적 취향이나 솔직, 담백하기 때문에 드러나는 깊은 신뢰감을 주는 시적 감응을 느낄 수 있는 것이다.

아무리 도망쳐봐도, 벗어나고 싶어서
도망치고 또 쳐도 여전히 굴레

지독한 가난은 '장애인'이란 낙인의 삶을
강조하는 역설적 현실의 최옥란 그녀도

절망적인 삶은 결국 선택적 죽음
14년이란 시간이 흘러도

여전히 벗어나지 못한 굴레
집이거나 시설에서

죽어가는 장애인의 삶은 언제나

자유로울까

—「굴레 2」 전문

김운용 시인의 시는 명료하다. 장애인으로서도 힘들지만 지독한 가난은 더 힘들다 하지만 현실적 순응에서 오는 긍정적 마인드는 타인의 선택적 죽음 여전히 벗어나지 못하는 굴레집이나 시설에서의 죽어가는 장애인으로 사는 삶은 언제나 자유로울까? 라고 알면서도 물어 온다.

굴레와 낙인은 그의 원형적 상징이라고 놓고 보면 그가 행하는 장애인차별철폐연대에서의 활동가로 활동해 온 이력은 그의 삶이 직시하는 현장성을 바로 보여주는 것이다.

또 시를 舞踊(무용)이라고 보고, 산문을 步行(보행)이라고 본다면 김운용 시인의 시는 잠재적 가능성의 중립지대를 형성할 수 있다고 볼 수 있겠다. 왜냐하면 명확한 대상을 가지고 있는 그의 삶의 직시가 그러하기 때문이다. 그것은 바로 활동가로서의 현장성과 총각으로서의 소시민적 짝사랑을 알고 반추하는 순수함, 사회 참여적 자신의 무용을 용기로 승화시킬 줄도 알기 때문에 가능한 것이다.

마지막으로 한 걸음 나아가 詩는 생산적 노동에 근거한 현실적 승리를 꿈꾸는 김운용이 절망하지 않기를 바란다는 신의 축복과도 같다. 그래서 그는 펌프질하기 전에 마중물처럼 시가 그러한 긍정적 기도와 주문이 단계를 지나 그 자체로서 시인으로서 완성된 모습이기를 노력하는 것인지 모른다. 아니 그의 시가 가진 강렬한 원시성이지 않겠는가? 라고 되묻고 싶다.

2016 장애인 창작집 발간지원 사업 선정 작품집

금호강가에서

1쇄 발행일 | 2016년 12월 23일

지은이 | 김운용
펴낸이 | 정화숙
펴낸곳 | 개미

출판등록 | 제313 – 2001 – 61호 1992. 2. 18
주소 | (04175) 서울시 마포구 마포대로 12, B-127호(마포동, 한신빌딩)
전화 | (02)704 – 2546
팩스 | (02)714 – 2365
E-mail | lily12140@hanmail.net

ISBN 978 – 89 – 94459 – 72 – 1 03810

값 10,000원

주최 | 대한민국 장애인 창작집필실
수관 | 장애인인식개선오늘(고유번호 305-80-25363. 대표 박재홍)
심사 | 발간지원 사업 심사위원회
후원 | 대전광역시, 대전문화재단, 대전시버스운송사업조합, (주)삼진정밀, (주)맥키스컴퍼니, 계간 문학마당
문의 | (042)826-6042